内容简介

　　《望江南诗草》分乡土、戎马、行吟三章，收入作者自选诗作近三百首。作品多原载《诗刊》《人民日报》《解放军报》《光明日报》《中华辞赋》等知名报刊。

作者简介

郭水华　浙江省桐庐县人，现任职于公安部消防局，武警大校警衔。始自江南少年的热爱，诗歌伴随着作者近 30 年的从军生涯。恪尽职守之余，读书写作不辍。为中华诗词学会会员，《诗刊》子曰诗社社员，《中华辞赋》杂志特约编委，全国公安文联诗歌诗词学会理事。曾参与 2008 年汶川一线抗震救灾，荣立个人一等功。

能飲但微
醺藏書不
算貪黃金
白玉好宜
賞不宜親

郭永蕘先生題一首
乙未春日　遠山書

望江南诗草

郭水华／著

人民文学出版社

图书在版编目（CIP）数据

望江南诗草/郭水华著.—北京:人民文学出版社,2015.8
ISBN 978-7-02-011063-6

Ⅰ.①望… Ⅱ.①郭… Ⅲ.①诗集—中国—当代 Ⅳ.①I227

中国版本图书馆 CIP 数据核字（2015）第 168930 号

责任编辑　宋　强
装帧设计　刘　静
责任印制　王景林

出版发行　人民文学出版社
社　　址　北京市朝内大街 166 号
邮政编码　100705
网　　址　http://www.rw-cn.com

印　　刷　北京智慧源印刷有限公司
经　　销　全国新华书店等

字　　数　200 千字
开　　本　880 毫米×1230 毫米　1/32
印　　张　7　插页 4
印　　数　1—20000
版　　次　2015 年 8 月北京第 1 版
印　　次　2015 年 8 月第 1 次印刷

书　　号　978-7-02-011063-6
定　　价　28.00 元

目　录

序　你的青春，我们的家国

—— 一位军人给女儿的家书

中午时分，大洋彼岸求学的女儿郭七月，用微信报告喜讯，她被加州大学洛杉矶分校录取了。

孩子如愿以偿，作为父母当然是高兴的。这些年，因为工作原因，加之双方老人要照顾，孩子在北京上了一年半小学，跟着妈妈回杭州念初中。多少跟这有关，孩子从小懂事独立，没让我们太操心。初中的最后一个学期，她和几位女孩商量出个大主意，想去美国上高中。

倾听了孩子的想法，我和妻子内心万般不舍，还是同意了。转眼间三年过去，拜科技昌明，实时微信，还有 Skype，一家人分居三地，心理距离反而近了。

深夜辗转反侧，想到当初上天送给我们一个才六斤重的天使，居然就要上大学了，真是不可思议。于是，给孩子写了以下这封信：

真的像一位智者所说，没有人可以随随便便地成功。能上自己心仪的大学，是对你三年来认真对待每一天的报偿。收藏好祝捷的喜悦，爸妈祝福也相信，你会拥有一个进取充盈的大学时代。

同样是远洋求学路，140年前的太平洋，愁云骇浪中行进着载有第一代中国留学生的轮船。被誉为"中国留学生之父"的容闳，领着30位幼童，其中就有12岁的徽州茶商子弟詹天佑。他们怀揣着发奋图强、拯救祖国于饱受欺凌命运的梦想，开始了长达15年的艰辛求学生涯。以詹天佑为代表，这代学子后来在各自岗位上竭尽才智，为中华民族风雨飘摇终不致覆灭，立下了彪炳史册的功勋。他们是中华儿女远洋求学途中不灭的灯塔。

　　相比那个时代的积贫积弱，我们生活在伟大祖国的今天是何等幸运，又是何等来之不易。还记得你出国前的头天晚上，爸爸为你赋诗壮行：

> 羡汝青春国运祚，好风长送海天帆。
> 关山此去同明月，怀抱一如绣锦年。
> 受业有规须蹈矩，为学无巧自着鞭。
> 百般冷暖儿珍重，亲舍白云两地牵。

　　爸爸作为一名军人和诗人，对自己的孩子自然是有期许的。你出发前的一个礼拜，爸爸特地告了假，一家人回到我们的老家桐庐，回到乡下呵护你长到12岁的爷爷奶奶身边，笑着向长辈亲人作暂时的告别。我们顺着富春江而上，在风雨中攀登严子陵钓台，爸爸为你大声吟诵范仲淹的《严先生祠堂记》和更为有名的《岳阳楼记》。我们遥望春江对岸的谢翱墓，追怀这位跟随文天祥出生入死的壮士，读着眼前字迹斑驳的《西台恸哭记》碑，此时雨意初歇，云烟翻卷，芳草萋萋。

　　孩子，这是我们的山河，我们的先贤，我们的根。

　　爸爸给你写下这封信时，枕边正放着《望江南诗草》的最后定稿，这是爸爸多年积累的诗行，其中的家国情怀与给你的拳拳叮咛，可谓吾道一以贯之。亲爱的孩子，前行的道路上，不会永远阳光明媚。风雨相伴是四季，是家园，亦是人生。所以，任何情况下告诉自己，很多时候，一个人的坚持就是一个阵地的坚持，一个人的美好就是整个世界的美好。你在他乡异国，代表着祖国！

爸爸，2015 年 3 月 28 日深夜
于北京龙潭湖畔寓所

《中国青年报》"成长"版 2015 年 6 月 29 日刊登
《瞭望》周刊客户端 2015 年父亲节当日头条推出
《中国教育报》称之为"跨越大洋的特殊思政课"

乡　土

七律一首

严子陵钓台[①]

少慕高风百丈矶，
行舟每到子归啼。
春江移就羊裘客，
明月催成处士居。
进退异时三鼎立，
东西对面两心仪。
烟波会见梅花酿，
浇酹青山觅古蹊。

注　释：
① 原载 2014 年 3 月 15 日《人民日报》"大地"副刊。
严子陵钓台，位于浙江省桐庐县城南 15 公里的富春山麓，东汉初年严子陵隐居垂钓之地。史载，严子陵，名光，浙江会稽余姚人。少有高名，与刘秀同游学。刘即帝位，征召其为谏议大夫，拒之，归隐富春江畔，耕钓以终。钓台分东西两处，东台传为严子陵垂钓处；西台亦称谢翱台，南宋遗民谢翱在此面向北方，奠祭被俘就义的文天祥，撰《西台恸哭记》。
严子陵的声名广为人知，始自北宋名臣范仲淹任睦州知州，在此筑祠纪念，并写下《严先生祠堂记》，称赞他的气节能使"贪夫廉，懦夫立"。

五律一首

山　兰

带蕊移庭下，来春恐负违。
还归山野去，长向涧边垂。
雨过枝滴翠，苔滋叶吐辉。
花朝明月夜，饮露自葳蕤。

七律一首

桐　君①

塔影依稀雨露新，
泊舟崖下岭头云。
仙人来顾撷三秀，
玉兔随从捣五辛。
霜鬓穷年趋鼠径，
松声漏夜老龙鳞。
桐花流水伤摇落，
林下悠悠不计春。

注　释：
① 桐君，被认为是中国古代最早的药学家。桐君山位于美丽的富春江畔，相传黄帝时有老者结庐炼丹于此，悬壶济世，分文不取。乡人感念，问其姓名，老人指指桐木作答。乡人遂称"桐君老人"，后世尊其为"中药鼻祖"。桐庐县也因他得名。

七绝两首

桐 庐

一

钓台向晚驰归棹，
鼓作松风和雪涛。
回首先生归隐地，
富春江上月轮高。

二

岸上人家踏月行，
明朝唯见数峰青。
半江春水流经处，
潇洒桐庐敢负名？

七绝二十首

山居杂咏

一

久居城市惯喧哗，
每梦庭前卧晚霞。
笔架峰凹云吐月，
漫天星斗检山家。

二

碧蔬青果绕屋栽，
黄犬乌鸡报客来。
流水别春花落也，
熏风又展画图开。

三

春光依旧身如燕，
岭上人家雨后霞。

一路山花听鸟语，
瓜藤新蔓矮篱笆。

四

雨掠群山启翠屏，
膏泽陇亩稻秧青。
一行白鹭天空过，
寂寂蝉声响脆鸣。

五

白雨翠山瀑震川，
拿云掬手有无间。
松风崖下重温梦，
只是梦中正少年。

六

漫卷风烟道未荒，
橘红竹翠野花黄。
秋光山态多幽境，
未饮已先到醉乡。

七

风劲芦荻雪浪白，
秋光到处纵菊开。

却怜燕子归期近，
吩咐春耕带雨来。

八

自来泉水自担柴，
月下瓜蔬露里摘。
人羡山间多趣味，
为因赤子为因霾？

九

瓜到初秋老更甜，
山光溪色半含烟。
夜来风雨绵绵意，
散入松窗破客眠。

十

寒水溅溅橘半绿，
垂枝袅袅柿初红。
山家此日乏清供，
新置药锄向霭峰。

十一

时逢得意须回首，
高下炎凉一并收。

每对青山山不语，
心空如洗忘白头。

十 二

卧虎藏龙狮子潭，
三千弱水起云端。
鸢飞鱼跃松声里，
忘却行来第几湾。

十 三

鬼斧神工事渺茫，
大荒岔口隐灵光。
飞来一座仙人殿，
流水落花九曲肠。

十 四

造化独钟只欠诗，
欲邀明月赋新辞。
一时佳话东流水，
共与澄空忆鹤姿。

十 五

村言灶火卜佳音，
风雨果然见故人。

坐对青山云漫卷，
一席茶话酒三巡。

十六

草木故人来访尽，
何独不见紫云英。
山间风雨家贫日，
为救饥寒遍地生。

十七

新收荞麦酿新醇，
嘉客邻翁且自斟。
饮到兴酣无语处，
虫声断续月如银。

十八

春山妩媚秋山淡，
逃夏入山满绿荫。
崖下皑皑风雪日，
飞禽走兽是主人。

十九

廿四番风去不回，
山斋寂寞胆瓶催。

溪风解我迟疑处，
吹雪芦花带笑开。

二十

杜鹃声里杜鹃红，
妆点溪山谷雨中。
何处春来无绿柳，
他乡每忆故园桐。

五律一首

早　春

恣纵菜花开，春风畅入怀。
新晴忙赶种，嫩绿漫铺排。
破土山间笋，侵阶雨后苔。
庭前黄犬吠，报道客人来。

七绝一首

春　夜^①

　　石径梨花飞落雨，
　　山溪夜涨枕边琴。
　　竹帘半卷松风至，
　　野鸟乡音分外亲。

注　释：
①　原载 2014 年 3 月 15 日《人民日报》"大地"副刊。

五律一首

春　日

我本山家子，归来乐不疲。
溪宽源自细，肚饱眼还饥。
花谢禾苗长，草青布谷啼。
人勤春暖早，忽见麦初齐。

五绝六首

古昭德感咏①

一

兴废昭德县，溪流不计年。
青山应有意，豹尾起峡川。

二

兴废昭德县，蜿蜒更几重。
行人回首处，白塔忆高风。

三

兴废昭德县，云深草木嘉。
遗珍山药枣，雨雾野山茶。

四

兴废昭德县，书香共稻香。
书灯还似旧，照我少年郎。

五

兴废昭德县，无家不绣鞋。
心灵纤手巧，惹起四方约。

六

兴废昭德县，他乡忆故乡。
怡然歌古调，遥寄诉衷肠。

注　释：
①　今浙江省桐庐县合村乡。唐宝应元年（公元762年），在此设昭德县。大历七年（公元771年），废昭德，归属分水县。

五律一首

麻　境①

神话何时有？仙姑不可闻。
山峦横笔架，泉脉涌云根。
古道烟霞护，村居草木春。
岭间来往客，长是素心人。

注　释：
① 浙江省桐庐县合村乡麻境村。民间传说，麻姑仙子曾过此境。

四言一首

白云亲舍

地有南北，时序古今。
亲舍其下，悠悠白云。
怀素抱朴，友朋乡邻。
西岭结庐，风清月明。
竹柏之影，藻荇交横。
水声潺潺，旭日东升。
寒来暑往，雨读晴耕。
枕流漱石，青山故人。

七绝两首

父母康强可喜

一

老健双亲敢自夸，
南山种豆北山麻。
清茶不断门前客，
蔬菜长生岭上家。

二

慈母采撷慈父炒，
云间甘露雨前芽。
他乡明月拆包裹，
一盏清辉万里涯。

七律一首

呈前辈黄崎同志

大军南下风云日，
花木兰别翔鹤潭。
奔命不辞霜雪月，
解囊倾与弱饥寒。
了无世态攀陪意，
但对知音笑语欢。
湖上夕阳今煦美，
满堂花醉太平年。

七绝一首

感妻事茶有年①

神农尝草觅灵丹，
陆羽烹来字七千。
早著小说三部曲，
复执教馆四时鞭。
手栽嘉木青青树，
履及名山汩汩泉。
此亦人间烟火味，
春风到处有余甘。

注　释：
① 妻子王旭烽，多年从事文学和茶文化传播工作。著有长篇小说"茶人三部曲"，前两部《南方有嘉木》《不夜之侯》获第五届茅盾文学奖，作品四次获中宣部"五个一"工程奖。

七律一首

寄小女七月

羡汝青春国运祚①，
好风长送海天帆。
关山此去同明月，
怀抱一如绣锦年。
受业有规须蹈矩，
为学无巧自着鞭。
百般冷暖儿珍重，
亲舍白云两地牵。

注　释：
① 祚（zuò），福，福运。《国语》："若能类善物，以混厚民人者，必有章誉蕃育之祚。"

七绝一首

题《白云亲舍图》

不辨白云与炊烟，
抚琴崖下饮花前。
客中夜起从头看，
万里月明共故园。

七律一首

护林员

翠翠苍苍赋此身，
诛茅结舍履白云。
鸟鸣松涧溪清浅，
竹掩柴门径曲深。
旭日攀登揽锦绣，
黄昏坐守望星辰。
崖前风雨鹅毛雪，
泥泞笠蓑细与巡。

七绝一首

端午遇雨

五月绿荫瓦舍家，
柴门留客雨如麻。
溪头烟柳双飞燕，
当户新竹试野茶。

五律一首

中　秋

今宵游子意，何处望天涯。
皎皎山头月，融融岭上家。
和风梳木杪，清夜煮岩茶。
尚有莼鲈美，新熟晚稻麻。

五绝一首

重　阳

九日接山信，
瓮盈五谷澄。
溪头相对饮，
月下鹧鸪声。

五律一首

冬　日

天寒游子返，流水映云裳。
踏雪伐枯木，披襟赋断章。
旧书如故友，新句自衷肠。
炉上茶汤沸，松风月下窗。

七绝四首

夏日农事

一

山雨欲来鱼跃白，
溪声初涨柳垂青。
天公心事田翁管，
瓜架豆棚夜起听。

二

烈日如焚草木呻，
黄昏愁望火烧云。
夜空闪电雷声作，
山外人工降雨频。

三

久旱村中老少忧，
健儿引水夜难休。

甘泉一脉疗悬渴，
并向邻翁地里流。

四

天若无私亦大难，
北边去旱恐南淹。
安排四季皆春日，
五谷收成减几番？

五律一首

晒 谷

陇田收稻谷，八月老天乌。
落雨团团转，放晴细细铺。
经年耕种事，此日苦辛图。
我亦农家子，每思米所出。

七绝一首

风　车①

丰歉田家味共尝，
秋风来检早春光。
虚实到此休瞒过，
落尽浮华好入仓。

注　释：
① 一种用于去除稻麦壳的风扇车。

四言一首

忠善义犬小梦诔赞

君来柴门，乳臭之龄。
及君稍长，耳聪目明。
阴晴寒暑，昼警夜巡。
栉风沐雨，茹苦含辛。
嫉恶如仇，和亲睦邻。
一朝被难，刻骨铭心。
白云悠悠，忠义耿耿。
鸡犬桑麻，长佑康宁。

七绝一首

寄杭州亲友

扁舟湖上久疏亲，
细雨桐丝起暮云。
旧是主人今是客，
他乡逢月每披襟。

七绝两首

分水中学七秩校庆①

一

云山锦绣望江水，

日夜奔流白鹭飞。

一脉书灯明月里，

虬枝掩映状元碑。

二

逢春老树新枝叶，

万里燕归觅旧巢。

桃蕊李花纷竞艳，

东风化雨不言劳。

注　释：

①　浙江省桐庐县分水中学，坐落桐庐县分水镇城东的五云山上，创建于 1943 年。唐代元和年间创办五云书院，唐状元施东斋曾在此读书。自唐至清末，五云山人才辈出，进士就出了 35 位。

五古一首

瑶　山

瑶山势何如？如龙复如虎。
麻溪发几时？依稀说仙姑。
上有金星村，村古民风朴。
有客偶来此，疑入桃源土。
一遇采药人，言此灵妙足。
又遇摘茶女，言此云水绿。
再遇担柴翁，言此风物殊。
就中牛眠地，太平山居图。

五绝一首

岭　源①

岭上四时青，
源头百丈澄。
人烟一水绕，
家在半山坪。

注　释：
① 　原载《诗刊》2014 年第 10 期。

七律一首

西岩书屋[1]

天开混沌蕴斯文，
兰蕙葱茏供养云。
树老西岩枝叶茂，
书陈东壁[2]匾额新。
雕虫自古心灵技，
绘素来今骨秀神。
鸡犬桑麻山水意，
感发纸上四时春。

注　释：
[1]　位于浙江省建德市莲花镇邓宅源自然村，西岩书屋主人蓝银坤，作者的挚友，擅长书画印。
[2]　东壁，二十八星宿之一，即飞马星座和仙女星座，北方玄武七宿之末一宿。古人认为东壁是图书所在，主天下文人。陶弘景《星经》："东壁，天下图书之秘府也。"

五律一首

分　水①

暧违天目水，旧雨感新知。
制笔成名片，依江挂柳丝。
登楼酌土酿，对月赋清词。
自我之出矣，临流望此时。

注　释：
① 浙江省桐庐县分水镇，中国制笔之乡。

七绝一首

分水龙潭

淡扫妆台镜上烟，
渔舟出没水中天。
势如龙虎形如抱，
雁落青山影倒悬。

五古一首

过桐庐石壁头

九曲羊肠道，草盛掩泥墙。
鸡肥幼犬吠，门启叟慈祥。
讶我天外客，言此陈家庄。
炊烟四百载，畲耕稻麻桑。
乱世兵匪劫，杀戮焚祠堂。
幸为太平民，山歌喜欲狂。
春花蜂无闲，秋收谷盈仓。
山下世界大，山中日月长。
儿孙入城去，云孤菜根香。
岂不思团圆，故土忍抛荒？
念念白头翁，我闻亦感慷。

七绝一首

深　澳

江南村落畅流深，
鉴可清心亦洗尘。
狮子岩前初涌日，
溶溶脉脉养儿孙。

七绝一首

瑶琳仙境

大块文章潇洒笔，
富春山水自神奇。
一朝误把天机泄，
消磨不尽谢公屐。

七律一首

临安道上

且慢轻车放眼宽，
故人来向旧山川。
坡公行脚春婆梦，
太子书灯夜月鹃。
访古问贤足迹罕，
探险漂流笑语喧。
往来陌上花开日，
莫道钱王只认盐。

五绝一首

天台山杜鹃^①

五月上天台，
溪闲花自开。
斑斓得意语，
次第付苍苔。

注　释：
①　浙江省境内的天台山华顶峰，生长着 300 亩云锦杜鹃，树龄多在 400 年到 1000 年间。每年到了 5 月，云锦杜鹃争相竞放，似锦若霞，蔚为壮观。

七绝一首

书带草①

何需花语吐清音，
芳草纷披四季春。
读者往来多错过，
不知君亦爱书人。

注　释：
①　书带草，又名沿阶草、麦冬，百合科多年生常绿草本植物，野生于江南的沟旁和山坡草丛中间。相传汉代的郑玄，发现它的叶子长而坚韧，割下晒干后，可以用来捆扎书籍。郑玄，字康成，故时人称之"康成书带"。书带草的名字由此而来。苏轼《和文与可洋川园池三十首》之《书轩》："庭下已生书带草，使君疑是郑康成。"李渔在《闲情偶寄》里说："书带草，其名极佳，苦不得见。"

七绝四首

同学会

一

风雨同窗久未逢，
春风堂上辨音容。
尽如年少初相见，
小镇山村子弟融。

二

一时锦瑟年华事，
都在大呼小叫中。
座上女生温暖语，
莫将酒胆论英雄。

三

梦魂牵绕望云山，
月下灯烛照少年。

岁岁春风垂柳绿，
别时容易见时难。

四

白手起家燕筑巢，
个中经历尽劳劳。
山间明月心头在，
江水滔滔望海潮。

七古一首

大溪峡闯滩①

河山突兀起峡川，
花绽鸟鸣不计年。
岭上忽闻声鼎沸，
儿童雀跃叟茫然。
但云壮士试闯滩，
欲辟城中探险园。
孤叶飞舟腾雪浪，
千回万转九重关。
信知人境无闲命，
太古洪荒始噪喧。
明日溪流回望处，
一湾风月可如前？

注　释：
①　大溪峡，位于浙江桐庐县合村乡，地处黄山之南，沟壑纵横，乱石穿空，翘岩飞瀑，云蒸霞蔚。本是与世无争之幽深秘境，近年开发大溪峡闯滩，追求大落差、大刺激，吸引大批游客。

七律一首

酒旗风茶楼口占

柳堤隐隐店旗招，
细雨熏风过断桥。
泡饭高名真不负，
茶楼闲趣未能抛。
山光沉醉荷初放，
湖色坐拥霭漫飘。
饶是君家滋味美，
回头客作忘归谣。

竹枝词二十首

春江新曲

今日春光正好

蜂舞莺啼春日丽，
梨花飞雪菜花黄。
衔泥燕子谙农事，
烟雨茶园早稻桑。

山间竹笋增收

昨夜春山雷阵雨，
料应催笋破眠出。
主人晨起登高处，
半送菜场半养竹。

乡间父老无闲

一犁带雨自耘耕，
儿女打工远入城。

未忍抛荒闲不住，
老妻种豆趁新晴。

免除农业税收
田圃蠲租耕父悦，
溪光月色鹧鸪啼。
桑时莽莽根深壮，
麦候穰穰岁有余。

庭前时见牡丹
桃梨自古爱山家，
春到江南灿若霞。
今日偶从篱下过，
菜畦新绽洛阳花。

民居兴建洋楼
白墙黑瓦筑农家，
绿水青山焕彩霞。
后起洋楼相错落，
稻花风里夜鸣蛙。

制笔声名遐迩
古镇忽成制笔乡，
春江流水订单忙。

十八学士峰头望，
岸上人家陌上桑。

中国快递之乡

万里风尘众望孚，
八方信使起桐庐。
农家本色行天下，
长是人间坦荡途。

大溪峡谷闯滩

亿万斯年水自流，
一朝风起浪飞舟。
深山名动长三角，
热捧闯滩竞上游。

农家乐客来欢

慕名客到农家乐，
山道弯弯碧水流。
村酿野蔬柴火灶，
不经意望月如钩。

乡村舞蹈时兴

晒谷场成歌舞地，
夜明灯下破天荒。

太平光景人和顺，
老少翩翩意气扬。

今日山花繁盛
三月枝头花满县，
百花洲是稻粱洲。
嫣红姹紫游人醉，
共道今朝岁月遒。

喜闻高铁动工
龙脉茫茫人不见，
青山今日会飞龙。
老翁也作孩童盼，
一试何如快似风。

乡村出现工荒
一日小工一百五，
雇请犹自费工夫。
村中青壮城中去，
留守老翁与妇孺。

办酒铺张吃力
后村嫁女前村婆，
吃罢这家赶那家。

去是人情来是债，
乡风从古戒奢华。

手工布鞋口号
好吃不过家常饭，
适履无如土布鞋。
密线细针慈母意，
走南闯北上台阶。

文化礼堂气派
新筑礼堂浩浩乎，
天晴下地雨来读。
春风播种秋收喜，
田有嘉禾室有书。

年长乘车免费
路边半信半疑间，
招手果然不要钱。
两老还家逢客语，
今朝不是五八年。

百姓自家节日
桐庐五月万人欢，
才赏山花又动员。

客到富春山小住，
来时容易告别难。

首个大学入驻
富春书院古来春，
惆怅而今几个存。
闻报桐庐学子到，
江山万古要斯文。

戎　马

七律一首

重读《老山诗》①

万里河山万里丹，
每闻忠烈每潜然。
英雄怀抱龙泉剑，
快马驱驰祖逖鞭②。
弹雨枪林猫耳洞，
金戈铁甲塞边关。
和平社稷平戎策，
国有三军赤胆肝。

注　释：
① 原载 2014 年 9 月 4 日《解放军报》"长征"副刊。
② 晋朝时期，年轻有为的刘琨胸怀报国之志。好友祖逖被选拔为官，刘琨立誓要像祖逖一样为国分忧。他写信给亲友说："吾枕戈待旦，志枭逆虏，常恐祖生先吾著鞭。"后用"祖逖鞭、祖生鞭"等，表示勉励为国效力奋发进取。

七绝八首

甲午有感

一

海风万里尽苍茫，
草木余哀甲午殇。
弱丧外交强自立，
止戈为武筑金汤。

二

可怜一卷《海国图》，
冷落九州热岛孤。
兵气久销鼙鼓隐，
至今犹是教科书。

三

兵家首要知形势，
师技更师铸魄魂。

颦效西施邻里笑，
阵前仓促累三军。

四

杯酒释兵臻弱宋，
百年几度射天狼。
良弓热血蛰伏久，
边塞丹枫映雪霜。

五

南京城下人间狱，
狼子铁蹄甲午来。
落后遗羞千古训，
强军毋使复蒙哀。

六

忘战松弛好战亡，
尧封禹域我国疆。
戍楼烽燧关山月，
执锐披坚御虎狼。

七

南海波澄钓岛迎，
渔歌互答汉家声。

中山狼意须深警，
箭在弓弦浪自平。

八

三军直待捣黄龙，
一曲长须唱大风。
五尺男儿三尺剑，
砥兵励伍展奇雄。

七绝一首

胡里山炮台

砥柱东南奠炮台，
寒光剑气亦雄哉。
磐岩耿耿忠魂魄，
海不扬波任去来。

七绝四首

杭州岳王庙

一

埋骨湖山围抱枝，
精忠柏下岳家祠。
无声碧水云烟画，
追和英风四季诗。

二

直驾长车踏贺兰，
东窗暗度帝心肝。
风波亭上风波狱，
千古冤深三字谗。

三

隗顺忠肝担道义，
施全烈性刺奸狐。

诸公衮衮高头马，
慷慨每从陌野出。

四
泛舟湖上荡清波，
忍信当初亦汨罗。
一碗羹汤徒姓宋，
昭昭终与太平歌。

七绝一首

赵　括

殿前意气受长缨，
将相无言母泪盈。
临阵由来非纸上，
兵家长作警钟鸣。

068

王昭君

信是丹青误，汉王泪亦多。
红颜休吁叹，白发系家国。
边驿集茶马，干戈化玉帛。
于今君冢上，草色尚茁茁。

七绝一首

袁崇焕祠

柳垂水碧悼督师，
祠庙犹闻烈马嘶。
信是长城还自毁，
兴亡何乃罪槐枝。

五律一首

戚继光纪念馆

1987年12月31日，作者结束45天的新兵连训练，分配到台州地区下属的椒江市消防中队。

椒江于1985年改市，旧称海门，作者在这里第一次见到大海。中队相邻戚继光纪念馆，官兵得以熟悉这位抗倭将领的功绩。

年少兵书至，春江赴海门。
比邻威镇馆，昔驻戚家军。
捷报鸳鸯阵，倭情泾渭分。
望洋涛怒卷，屏障势雄浑。

五古一首

强军歌①

"秀才遇见兵，有理说不清。"
此系旧时语，于今不足称。
我亦兵一个，容我把心呈。
自古好男儿，读书与当兵。
十载寒窗下，仰望满天星。
毕业歌声罢，扬鞭各启程。
昔日兵书至，长归细柳营。
人民子弟兵，钢铁之长城。
祖国边陲哨，风雪傲苍鹰。
君自佼佼者，金榜一举名。
名师传授予，芳草四时青。
勤勉才出众，一朝座上宾。
今夜春风语，同把肝胆倾。
军中有败类，刮骨法准绳。
菩萨霹雳手，不公民不平。

我有忧心语，请君侧耳听。

弱国无外交，弱军无抗衡。

社稷复兴路，虎狼影随形。

毋忘家国殇，毋忘警钟鸣。

民为兵之本，国防主人翁。

军民如鱼水，家国长安宁。

放眼强国梦，尽由此筑成！

注　释：
① 原载 2015 年 5 月 1 日《中国国防报》"长城"副刊。

五绝一首

过厦门望金门有感

碧血染金门，
涛声岁月侵。
至今隔海望，
无土盖忠魂。

七古一首

汶川行①

2008 年 5 月 12 日，四川省汶川县发生特大地震。地震后的 3 小时，作者受命随公安部消防局第一工作组赶赴前线，亲历 13 昼夜抗震救灾全过程。是役，13434 名消防官兵快速反应，科学施救，从重重掩埋的废墟下抢救出 1701 名生还者，成为搜救生还率最高的一支队伍。

五月汶川戊子年，
地裂岩崩山动摇。
海北天南请缨急，
战旗猎猎马骁骁。
橙袍一万三千四，
俱携良弓佩宝刀。
迅似雷霆猛似虎，
通宵达旦夺分秒。
命若游丝解倒悬，

危如累卵挽倾巢。
乱石滚滚声哑嘶，
"再救一个"冲云霄。
生还白发惊魂定，
幸存婴孩眠襁褓。
苦战收官未祝捷，
老少牵衣泪滔滔。
英雄豪壮吾笔拙，
不尽九牛之一毛。

注　释：
① 原载 2013 年 10 月 31 日《人民日报·海外版》。

七绝两首

枕戈吟

一

明月当空细柳营，
动如闪电撤无惊。
万家灯火寻常夜，
战士枕戈马佩缨。

二

春树暮云不见家，
每逢佳节每无暇。
比思边塞高寒哨，
风雪不移百丈崖。

七律五首

消防群英谱①

　　消防部队是一支时刻处在战斗状态的队伍，承担着灭火战斗和抢险救援的重任。近年，国务院、中央军委先后给消防部队五个基层单位授予荣誉称号。

江西井冈山模范消防大队
南瓜红米味悠长，
代有传人驻井冈。
眼底安危无昼夜，
山间草木共风霜。
雪中送炭抚孤寡，
绝处逢生救死伤。
一往情深鱼水曲，
晴空万里大风扬。

上海车站模范消防中队

三军本色霓虹哨，

沪上红门亦自豪。

壮许救生抢险志，

高歌蹈火赴汤谣。

快刀响箭急难险，

细雨和风子弟桥。

猛士枕戈明月下，

镇灾石上静悄悄。

山东泰山模范消防中队

四海论山望岱宗，

岱宗绝顶队旗红。

春风化雨融融意，

绝壁传奇久久功。

大雁风疾偏展翅，

苍松雪劲正从容。

营盘如铁兵如水，

撒誉东西南北中。

西藏布达拉宫模范消防大队

碧空如洗映流霞，

长向神宫布达拉。

细柳营坡扶老弱，

药王山坎历春华。
安排香火臻谐美，
巡视风霜任泞滑。
众口咸称活菩萨，
红门一朵雪莲花。

辽宁启工模范消防中队

大风歌壮贯长虹，
路上行人竞赋功。
淬刃砥锋炉不灭，
蹈危履险气尤雄。
千锤百炼从实战，
足智多谋应变通。
旌展兵车今益壮，
丹心不易始初衷。

注　释：
① 原载《紫光阁》2014 年 11 期。

七律一首

牛肺子沟兵演

　　2014年9月，公安部消防局组织五省消防部队精干力量，在辽宁省清原县牛肺子沟村举行跨区域抗震救灾实战演练。作者参与其中，赋诗记之。

野老披衣互讶猜，
荒村子夜大军来。
猿腾绝壁疾施救，
剪入废墟纵破拆。
热血满腔分秒计，
黄金三日死生牌。
展如闪电收如虎，
报与晨鸡岭上白。

七绝一首

题菏泽消防特勤营区

花里牡丹久盛名，
姚黄魏紫亚夫营。
坐拥春夏秋冬景，
喜煞东西南北兵。

七绝六首

战友久别重逢①

　　1990 年 5 月 7 日，浙江省消防总队为期半年的预提警官教导队开班，此次破格提干的 40 名学员，多是长年在灭火救援第一线出生入死的战斗员。24 年后战友重逢欢聚，作者感慨系之，赋诗六首。

一

把臂认君君莫叹，
豪情不减话当年。
今宵共此拼一醉，
鬓染英雄胆未寒。

二

犹记英姿百战身，
回炉淬火正青春。

课铃无异出征令，
五月半山细柳屯。

三

向来百炼金刚汉，
赤日炎炎若等闲。
领教此间蚊子壮，
交接岗哨五更天。

四

观影路遥跑步还，
起因整队笑声喧。
急行军令中途改，
气喘教官汗透衫。

五

最是沙场秋点兵，
领衔我辈俱精英。
令枪响处硝烟起，
跃马扬鞭血沸腾。

六

此去奋戈驰骋日，
指挥若定志弥坚。

万家灯火急难险，
尽付红门望凯旋。

注　释：
① 原载《中国消防》2015 年第 6 期。

七律一首

从军行

1990年10月，浙江省消防总队为期半年的预提警官教导队培训结束，作者被分配到浙江省临海市消防中队，任实习排长，与战友朝夕相处，并肩作战，留下难忘印象。

抚拭兵车掂宝剑，
东湖①犹记饮骝骅。
水龙耿耿英雄会，
细柳依依战士家。
刁斗警逻寒夜月，
疾风赴蹈铁石涯。
戍楼重到肝肠热，
代有青春竞奋发。

注　释：
①　临海消防中队的老营房，一墙之隔为风景名胜东湖。清代学者俞樾在《春在堂随笔》提到东湖："杭州有西湖，台州有东湖。东湖之胜，小西湖也。"

七律一首

仙　居

1987年11月13日晨，作者与新入伍的桐庐籍45名新战友坐上接兵车，黄昏时分到达八百里外位于仙居县的新兵连。当晚按连部要求，每人写一写自己的入伍感受。作者将沿途的见闻写成一篇散文《一路平安：从桐庐到仙居》。第二天上午操场训练归来，稿子整版上了黑板报。此事后来屡被战友提起。

古城仙居，誉称"仙人居住的地方"，风光秀美，民风淳厚。多年后作者重游第二故乡，诗以咏之。

回肠九曲投兵日，
驻地来游鬓染霜。
苍岭丹枫收眼角，
皤滩灯火入诗囊。
摩天峡谷神仙舍，
缩地瑶池父老乡。

此去依依回首处，
天生丽质俭梳妆。

七律一首

自　题

从军自古男儿梦，
少小心驰马上身。
犹记乡关兵号角，
分明细柳剑戈吟。
赴汤蹈火离弦箭，
走笔成章触手春。
每向秋鸿思社燕，
风烟万里季鹰莼。

五律一首

妻子探亲

吾妻千里至，喜把玉音宣。
亲老勤犹健，儿学累亦甘。
庭前生瑞草，灯下有清欢。
久作军人妇，长安鼓角寒。

七绝一首

读　书①

万象森罗自淡如，
书生戎马尚从初。
路遥弩奋随携篦，
月冷梅舒且秉烛。
驰旷浑觉食寡味，
小别怪道腕生疏。
就中最是销魂处，
酒至微醺信手涂。

注　释：
①　原载《诗刊》2014 年第 10 期。

七律一首

小山头

　　小山头，位于浙江省杭州市余杭区郊，浙江省消防总队教导大队原所在地，每年冬季承担新兵集训任务。作者在此带过两批新兵。

　　十年不到小山头，
　　教导队营景物幽。
　　茂树始初苗木嫩，
　　细涓从此大江流。
　　脱胎换骨寒风冽，
　　秣马洗兵意气遒。
　　号角声声长入梦，
　　青春作伴尽销愁。

七绝一首

望火楼

万家烟火满天星，
百尺楼头照眼明。
痛定长须思痛日，
凭君径上最高层。

七律一首

水　龙

古来兵器尽杀人，
赴蹈凭君百战身。
杯水车薪鹦鹉泣，
连营比舍祝融频。
鸣锣惊破三更谧，
奔命长驱五内焚。
菩萨心肠霹雳手，
龙头老大望儿孙。

七古一首

焦头吟

主人好客客来欢，
但见灶前叠似山。
客谓此中藏隐患，
柴宜安放灶囱弯。
颔首心中浑不喜，
无忧无虑照如前。
一朝不慎星星火，
风劲蔓延烈焰穿。
幸有众邻急与赴，
倾盆泼救半保全。
烹炮置酒评功宴，
伤者扶将座上边。
酒过三巡微醉意，
蔼蔼老翁起致言：

"向者但听仁者议，
何须今日半文钱。
焦头烂额隆情在^①，
曲突徙薪自今嫌。"
主人未酒酡颜色，
躬谢转身备马鞍。

注　释：
①　焦头烂额，曲突徙薪，典出《汉书·霍光传》。

七绝一首

太平缸

堂前四季任风霜，
立定脚跟放眼量。
莫道经年何所事，
劫来弱水怒金刚。

五古一首

潭柘寺

千年潭柘寺,胜境门头沟。
君问沧桑事,青山忽见愁。
佛国亦人境,安能绝烦忧。
就中劫难甚,祝融火魔头。
屡建复屡毁,旧恨添新愁。
时有方丈至,访察细与究。
如此如此语,勿误照所谋。
灶膛嵌匾额,寺名刻上头。
炊熟众僧至,见之各挠首。
火烤烟熏处,隐痛复蒙羞。
弟子躬请问:
"趋吉远避凶,僧俗所共求。
何将此宝字,掷火触霉头?"
方丈微微笑,啜饮始开口:
"殿广香火旺,来往客如流。

砖瓦木结构，山高路亦陡。
火星腾烈焰，细水孰与救？
祸降众人恸，事过各抛丢。
居安生痹意，忧患乃持久。
焚即永不焚，不焚藏隐忧。
火终须火灭，此乃万全筹。"
不知方丈号，飘然去悠悠。
火烧潭柘寺，至今寺尚留。
如是我闻之，低首浮想稠。
疤好忘疼痛，由来积弊久。
斯事不关己，便谓风马牛。
相安无事久，肇事岂无由？
为君作短歌，自为两心投。
今朝风日好，宜作太平游。

七律一首

九九消防平安行动

　　2014 年 9 月，公安部、民政部联合部署为期 40 天的九九消防平安行动，主题为"传播消防知识，关爱老人平安"。这是我国首次开展平安主题的重阳节活动。

岁逢甲午闰重阳，
今日主题动四方。
四季平安怀梦草，
万家喜乐惦高堂。
小心电气巢无恙，
妥慎灶厨水满缸。
反哺衔食执手日，
温汤弭患各亲尝。

七律一首

吁消防减灾知识进学生教材

吉星高照笑颜开，
事到临头脑空白。
讳病养痈终不治，
积微隐患每成灾。
育苗首要培良种，
避险会须活教材。
细把锦囊亲授予，
久安仰仗眼前孩。

七律一首

《美国在燃烧》汉译印行①

林译黑奴泣《吁天》②，

神州当日势如燔。

寸肠悬耿亡国虑，

一纸流播振臂篇。

今日镇灾兼并蓄，

他邦弭患正宜参。

感君夜夜寒灯下，

心与手煎苦口丸。

注　释：

① 《美国在燃烧》一书，是1973年美国全国火灾防控委员会针对国内火灾频仍、死伤严重的状况，经广泛调研分析而发布的专题报告。此报告对美国现代消防产生重大推动，影响力持续至今。

我国今日消防工作存在的问题，与当年美国有很多相似之处。2014年8月，距该报告发布的第41年，北京大学出版社出版了司戈翻译的《美国在燃烧》。美国国家消防管理局为之作序，称"这一报告如能对中国同行有所启迪，我们不胜荣幸"。司戈，公安部消防局高级工程师。

②美国小说《黑奴吁天录》，通常译作《汤姆叔叔的小屋》。

林纾准备翻译此书之时，正值公元 1901 年清廷签订屈辱的《辛丑条约》，痛感"黄种之将亡，因而愈生其悲怀"。

竹枝词三十七首

消防义士歌①

　　2012 年起，国家设立 119 消防奖，专门表彰社会各界热心消防公益的代表。迄今已有 74 个基层团队、93 名各界人士获此荣誉。

善举由来社稷崇，
见贤见勇沐春风。
赴汤蹈火禳灾患，
义不容辞万户融。
君不见，
海宁五月水龙腾，
祭酹润秋义士亭②。
君不见，
苏州义士虎丘陵，
一介劳工万古名。
君不见，

烈火永生汉口碑，

大江长与碧云飞。

君不见，

热心公益一一九，

古道热肠共乐忧。

我欲仰之作壮歌，

涓涓流水望巍峨。

春风夏雨天空月，

正照人间长楷模。

孟祥贤（退休人员，女，83 岁，北京）

老来磨剑孟祥贤，

一辆三轮一线牵。

手把口播图片展，

夕阳红里万人攒。

李　军（退休人员，女，72 岁，天津）

天寒地冻门铃响，

邻里笑迎李大娘。

昼警夜巡匆步履，

自称只为无事忙。

李晓玲（评剧演员，女，41 岁，河北）

一曲清歌唱太平，

春风化雨益禾生。
自编自演怡然乐，
燕赵古风座右铭。

廷·巴特尔（基层干部，男，59岁，内蒙古）
苍莽草原忧火患，
分忧自有好儿郎。
大风劲展雄鹰志，
骏马骁骁守一方。

原信深（退休教师，男，80岁，辽宁）
白发重拾旧教鞭，
心思邻里众人安。
喜闻乐见原家曲，
明月几经照不眠。

孙善英（农民，男，48岁，吉林）
善英朴讷亦豪英，
致富思安比舍邻。
慷慨解囊金百万，
水龙威武解危情。

赵子英（退休人员，女，67岁，黑龙江）
街灯点点映婆娑，

手把手来共唠嗑。

里巷安危从琐细，

自将大任系巾帼。

王珏君（基层文化馆创作员，男，62岁，上海）

沪上繁华赤子心，

笔端倾泻水龙吟。

亦庄亦谐平安曲，

握手红门满眼春。

张　凯（退休人员，男，73岁，江苏）

白发骑游风景异，

担荷科普事传奇。

绿杨荫下平安课，

吸引妇孺老少趋。

阮炳炎（村民，男，69岁，浙江）

好汉上虞阮炳炎，

山阴道上效先贤。

老当益壮急难险，

"救火阿三"远近传。

侯子功（乡村退休医生，男，69岁，安徽）

赤脚名医侯子功，

暮年转行气如虹。

攸关性命驰分秒，

两种天职旨尽同。

孙晓云（退休人员，女，63岁，山东）

退任不休所为何？

吹拉弹唱太平歌。

社区田野车间里，

烈日寒风志不挪。

李喜峰（退休人员，男，80岁，河南）

发光发热乐无穷，

万缕千丝大有功。

娓娓道来听者众，

无人不敬白头翁。

彭国珍（社区退休人员，女，73岁，湖北）

家在白云桥畔住，

事无巨细每躬亲。

桑榆向晚心犹热，

小巷总理日日巡。

潘水田（村民，男，33岁，广西）

破门火海夺邻老，

飞转救妻负疚心。
妻醒病床真切语：
"这才是个大男人！"

杨胜铭（退休民警，男，64岁，重庆）
豪倾所有买摩托，
梦寐以求救火车。
白发犹怀青春志，
救灾抗旱带巡逻。

冯　霖（村民，男，34岁，四川）
卖猪为置救援车，
白手起家负重驮。
风雨任劳还任怨，
一方安泰乐呵呵。

卓先顺（义工，男，53岁，贵州）
急公好义敢争先，
矢志不移解倒悬。
慷慨尽倾公益事，
平安舞曲众人欢。

肖家福（村民，男，79岁，云南）
肖家福是百家福，

父子同心向险扑。
队建家中楼顶望，
太平无事下田锄。

陈永生（基层干部，男，43岁，西藏）
雪域莽苍奔走日，
丹心都向牧民倾。
言传身授平安策，
日日提防久久宁。

石志光（退休人员，男，66岁，陕西）
村里来了放映员，
回回捎带送平安。
片花生动活广告，
白发灯前细巧编。

陈志明（村民，男，72岁，宁夏）
不忍乡亲苦痛呻，
古稀老汉志凌云。
干馍凉水长年路，
坎坎沟沟百姓钦。

麦麦提明（村民，男，38岁，新疆）
模范大爷库尔班，

儿孙续把美名传。

减灾科普乡亲喜，

麦麦提明苦也甘。

金峰专职消防会（福建省长乐县，

前身金峰救火会，始于 20 世纪初）

额匾沧桑慷慨史，

百年义勇数金峰。

今逢马壮兵强日，

告慰先驱共此荣。

妈妈防火团（江西省景德镇市，始于 1952 年）

苦口婆心耽隐患，

走街穿巷六十年。

古城新貌铜锣旧，

风雨如磐四季安。

长城区新华居委会（甘肃省嘉峪关市，始于 1980 年）

千家忧患在一肩，

杜渐防微日不闲。

众志更添科技助，

缤纷灯火报平安。

峡山民办消防队（广东省汕头市，始于 1986 年）

民办消防军事化，

更无一个退还家。

后生接力乡贤志，

菩萨心肠众口夸。

草原夫妻放映队（青海省海南州，始于 1990 年）

夫唱妇随四季歌，

高原风雪耐消磨。

通忧共患平安礼，

藏汉一家乐事多。

厚天消防义工团（湖南省长沙市，始于 2005 年）

公益难能持久战，

满城争赞义工团。

风驰电掣长领队，

一问方知老士官。

平安妈妈劝导团（山西省平遥古城，始于 2009 年）

平安谣里唱平遥，

岁岁年年警昼宵。

细雨和风播撒处，

家家自把蘖芽剿。

乐益族志愿服务队（海南省文昌市，始于 2009 年）

助人为乐古今同，

忧患防灾立旨宗。

我为人人人为我，

春风扑面乐融融。

注　释：

①　原载《中华辞赋》2014 年 11 期。著名诗歌理论家张同吾的评论《走近"消防义士"》，发表于 2014 年 11 月 29 日《人民日报》"大地"副刊。

②　汪润秋（1905—1926），生前是浙江海宁硖石镇一家米行的学徒，也是米业救火会义务队员。1926 年农历三月二十日，汪润秋在救火中身负重伤，不幸去世。当地将他隆重安葬在西山西麓，并在墓前建了"义士亭"。当年还组织各街坊的救火队举行大型"水龙会"，以纪念这位救火义士。这一活动持续至今，成为有特色的消防活动。下述虎丘陵、汉口碑，均为纪念当地救火献身的义士而建。

白话诗一首

平安谣

人人都说平安好，
唯有侥幸忘不了。
灾时恐惧灾后痹，
事到临头又慌了。
人人都说平安好，
安全习惯乃至要。
居家日用火电气，
临睡不忘查一遭。
人人都说平安好，
逃生技能把命保。
消防站点长开放，
专家手把手来教。
人人都说平安好，
请君听我《平安谣》。
火灾隐患须举报，
平安你我莫忘了。

七绝四首

京中赁居龙潭湖畔杂咏

一

十载京华宿屡迁，
龙潭新赁岸边眠。
林间飞鹊窗台望，
道是教学植物园。

二

磨墨中宵涵逸气，
心平灯下好读书。
风寒故友相从顾，
移却书摊烫酒壶。

三

只身踏雪夜还家，
时遇民工色疲乏。

拔地高楼凭赤手，
四时风雨汗流浃。

四

家山万里知音在，
一路征程意气平。
尺素寄来愁自散，
相思还祝梦无惊。

七律一首

检书得少时习作

墨迹如新纸黯黄，
少年意气自铺张。
文章结社云山雨，
武庙仰贤夜月凉。
逸兴谋篇愁补课，
破眠习作梦牵肠。
携来戎马长相伴，
劲旅雄风蹈火汤。

新诗一首

让我轻轻地喊您一声——妈①

在山东省胶南县农村，有一位叫郭胜兰的消防烈士母亲。儿子杨波生前在上海消防总队浦东支队高桥中队服役，1996年11月21日在灭火战斗中牺牲，年仅20岁。

18年间，这位母亲每年给中队全体战士寄自己绣的鞋垫，每双都绣有"吉祥如意"字样，战士们称之为"平安鞋垫"。

让我轻轻地喊您一声——妈！
昨天又收到了您千里外寄来的包裹，
捧着您新绣的平安鞋垫，
一针一线，都是您深夜灯光下
戴着老花镜那满心满念的牵挂。

让我轻轻地喊您一声——妈！
每次我走进队史馆，
总觉得大哥他没有走。

多少年了，
训练时，是他手把手为我们示范，
警铃响，我们肩并肩向火场进发。
有空的时候，操场上，学习室
我们唱歌，欢笑，想家，想远方的妈妈。

妈，我们多么爱您！
还记得 2003 年衡阳那把大火吗？
六层高楼轰然倒塌，
埋压了战斗中的 21 名战友……
27 小时唯一从废墟下生还的江春茂，
永远忘不了黑暗中指导员下达最后的命令——
"谁能活着出去，
一定要好好安慰战友的爸爸妈妈！"

妈，当初把儿女送到部队的那一刻，
您心里比谁都明白，
军人是什么样的职业，常常要用鲜血来运作；
那又是什么样的使命，有时要用生命来回答！
在这白发送黑发的时刻，
您从昏迷中醒来，
您颤巍巍地走到我们队伍跟前，
您一个一个地擦去战士的眼泪。
您说：

孩子们呐，你们都是战士！
记住，你们不能哭，
你们垮了，老百姓怎么办？
还有多少灾等着你们去救，
还有多少仗等着你们去打！

让我轻轻地喊您一声——妈！
您失去了您的儿子，
我们都是您的儿子！
铁打的营盘是换了一茬又一茬，
您永远是战士心中最亲爱的妈！

一个英雄倒下，
一座丰碑树起，
丰碑下，千万个英雄出发。
为了千千万万的妈妈，
甘愿在赴汤蹈火中奉献热血年华！

让我大声地、大声地喊你一声——妈！
每当我戴上一枚军功章，
每当有人称我们是英雄，
我们不敢有半点的窃喜。
因为所有的掌声，所有的鲜花，
属于这条战壕每一位出生入死的战友。

我只是代表他们，
来接受这荣誉和鲜花。
是的，这份荣光
永远属于这支英雄的人民队伍，
永远属于我们最美的英雄妈妈！

注　释：
①　原载《走近中国》2015 年第 6 期。

行　吟

七绝一首

严陵濑

静水流深入画图，
富春山老旧狂奴。
故人霸业先生濑，
明月高台两不孤。

七绝一首

慕　贤

十年书剑两无成，
敲骨犹闻是旧声。
江上丈人一叶渡，
袁安高卧雪纷纷。

七绝一首

蒲松龄故居

锦绣文章老秀才，
才高难用寄聊斋。
清风古柳泉声细，
好是仙狐月下来。

五绝一首

隋　梅

天台山下寺，
雪后绽虬梅。
一水西流去，
刘郎久不归。

七绝一首

水　仙

自奉谁堪俭似君，
清风白水长精神。
人间春色岁寒日，
一瓣心香不染尘。

七绝一首

菱

徒羡碧荷漵滟波，
风光占尽费吟哦。
老身也在江湖上，
棱角尚存志未磨。

七绝两首

吟　菊

一

柳绿桃红春色好，
秋风始见雨中黄。
自从陶令宅边种，
惹起人间事晚芳。

二

菊方绽放月方圆，
天意人情至此焉。
有日若当无日看，
人生何事不清欢。

七绝一首

枕　上

枕上静听晨落雨，
怡神更有鸟啼频。
江南今日山家事，
麦子将熟梅子青。

七律一首

幼时多病，增父母愁劳

孩提病弱累双亲，
稼作艰难久困贫。
粥寡先须儿女饱，
天寒早已枕席温。
长将苦药三餐煮，
每致偏方四处寻。
喜幸于今犹老健，
彩衣命我舞来勤。

七绝一首

咏海棠雅集

2015 年 4 月 13 日上午，作者应邀参加恭王府举行的第五届海棠雅集。91 岁的叶嘉莹先生即兴吟诵散曲《南吕·一枝花》《正宫·端正好》。诸诗家各擅胜场，情景感人。

岁岁海棠胜日开，
清茶依旧赋新裁。
一期一会芳菲意，
报与主人客自来。

七绝一首

友登香山报红叶未盛[①]

快意登高怅望之，
美人舞袖意迟迟。
山光物候君须会，
春雨秋风两画师。

注　释：
①　原载 2013 年 12 月 8 日《大公报》副刊。

135

七绝一首

天一阁

满庭花雨望阁楼，
万啭千声境自幽。
四百年来梨枣祸，
斯文一脉月长留。

七律一首

雷峰塔

劫难迭经一日摧，
夕阳影里乱鸦飞。
自来堤柳怜娘子，
长与诗家作酒杯。
气数无端收胜景，
烟波何处忆黄妃。
漫说归去重来意，
四望湖山道久违。

七绝一首

三生石

前世今生石上语，
缠绵悱恻动心弦。
含烟草木婆娑叶，
犹待牧童月下还。

七律一首

韬光寺^①

灵隐山深更几重，
白云歇驻蜀僧踪。
沿溪瘦径湿藤杖，
抱木寒烟暗涧容。
灶迹传说丹宝洞^②，
莲池^③指认袖珍龙。
游人端爱天然籁，
踏入佛门共碧空。

注　释：

① 韬光寺位于杭州西湖北高峰南坡巢枸坞。韬光禅师，蜀人。唐太宗时，辞其师出游，师嘱之曰："遇天可留，逢巢即止。"师至杭州，游灵隐山巢枸坞。时值诗人白乐天守郡，悟曰："吾师命之矣。"寺以人名，因称韬光寺。

② 韬光寺顶岩壁有丹涯宝洞，传说中的吕洞宾炼丹之地。丹涯宝洞前为观海亭，有楹联："楼观沧海日，门对浙江潮。"

③ 金莲池水由岩间细泉汇成，清冽甘甜。夏日，池中可见一种状如蜥蜴的生物，学名蝾螈，俗称"五爪金龙"。经专家考证，这是海洋古生物，今天的大海已经绝迹。由于西湖是远古海湾，沧海桑田，蝾螈不及退回，留在灵隐的山岙间，成为珍稀的活化石。

七绝一首

平山堂

独羡人间第五泉，
一时清供往来仙。
文章太守闲栽柳，
新沸茗铛对月前。

七绝两首

普陀山①

一

九州悲喜古来多，
岂忍拈花去故国。
不尽千年香火意，
祥云一朵定风波。

二

到处无家到处家，
松风水月海天涯。
往来多少迷津客，
暮暮朝朝种豆瓜。

注　释：
①　据《华严经》记载，日本名僧慧谔从五台山请观音像回国，途经舟山群岛遇
大风浪，不能前行。慧谔认为，这是观音不肯去日本，便发愿在此地供奉，风浪顿息。
慧谔向当地渔民募化，建成不肯去观音院。

七绝一首

蓝田书院①

野鱼吐墨浣花笺，
越鸟听经古杏坛。
百代文章灯下论，
鸡声不易五更天。

注　释：
①　原载 2013 年 12 月 8 日《大公报》副刊。

七绝一首

题《中华辞赋》

中华辞赋动人心，
白发垂髫竞诵吟。
大地山河春雨讯，
婉约豪放尽铺陈。

七绝一首

闻黄州承天寺重建

当日黄州当日寺，
一时明月射千秋。
叹惜遍种枝如故，
谁倩仙髯旧地游？

七绝一首

重过扬州

　　2014 年春，作者携小女自杭州往扬州，友人同游瘦西湖，论及若个西湖排座事，戏答一首。

昔年游历杏花天，
烟月重逢绽眼前。
笑看西湖争座次，
肥环瘦燕各承欢。

七绝一首

渔　家

碧波万顷纵云帆，
鼓钓鱼龙浪里还。
夕照海山铺锦绣，
人家次第起炊烟。

七绝一首

过卜家庄①

云梦山前景色新，
太平庄里太平民。
春风桃李读书种，
布谷声声报好音。

注　释：
① 山西省吕梁市交口县桃红坡镇卜家庄村，民风古朴，尚义崇文。

五律一首

大观园

京中佳丽地，垂柳若含烟。
假作真时久，巧搬梦境残。
少年悲宝玉，中岁悯李纨。
风起花飘落，涓涓九曲环。

五绝一首

古　井

汲深忧绠①短，
径曲喜泉甘。
皓夜沉星汉②，
浮槎去不还。

注　释：
① 绠，汲水用的绳子。
② 星汉，即银河。

七绝两首

呈蜀叟

蜀叟孙伯鲁先生，"大跃进"期间，上万言诗因言获罪，身陷囹圄15年之久。"文革"结束后平反，任四川人民出版社所属的《龙门阵》杂志编审。1997年12月，作者与老先生一同参加《中国消防通史》编纂任务，一见如故，彻夜谈诗，从此结为忘年交。

一

初逢如忏诉衷肠，
不觉曙光易月光。
浙水巴山双妩媚，
杜鹃声里起茫茫。

二

疾书大士蒸东海，
敦化甘霖救北边。

总为报国屈子赋，
书生九死赤心肝。

七律一首

感呈张同吾先生①

倾盖春风不计名，
吟坛久慕树长青。
劳神都为提神语，
病耳正宜侧耳听。
笔底风雷销铁砚，
眼前灯火老书生。
时人视我多迂阔，
每沐清芬意气平。

注　释：
① 张同吾，中国诗歌学会名誉会长，中国作家协会研究员，著名诗歌理论家。

七绝一首

感呈谢云先生[①]

一

暮寒干校老饕邀，
龙虎同归慢火熬。
蔗酒价廉宜痛醉，
汤浓容我饮一勺。

二

书余闲墨写梅枝，
树老花疏未入时。
画本乡关年少日，
永嘉山水本家诗。

注　释：

① 2015年4月，作者拜访86岁的温州籍诗人、书法家谢云老先生。谢老淡泊风趣，笑谈早年广西干校往事。当时生活清苦，加之天寒地冻，有老饕难耐嘴里淡出个鸟来，携土犬入附近的甘蔗林，居然捕获长蛇狸猫，烹之制作火锅，并以当地两毛五一斤的甘蔗烧酒招饮。屋里热气腾腾，众人觥筹交错，浑忘自身处境。谢老说自己无胆下箸，仅用勺饮汤，至今思之，难忘其味。

七律一首

呈架雨轩主人①

戎马解归事砚田，
八十初度日无闲。
锦囊计自怀仁笔，
皓首功成架雨轩。
鹦鹉沾湿禳火祸，
杜鹃呕血检芸编②。
名山事业随佛老，
一盏书灯月正圆。

注　释：

① 架雨轩主人李采芹，四川省珙县人，消防历史文化学者。1949 年 4 月从军，后转入消防履职，1979 年创办我国第一本消防月刊《上海消防》。著述甚丰，有《战时消防》《消防常识问答》等个人专著，主编《防火手册》《中国火灾大典》《中国消防通史》等多部填补专业空白的典籍，晚年主编《中华佛教大典》。

② 芸编，指书籍。明代张岱《夜航船》："芸编，芸香草能辟蠹，藏书者用以熏之，故书曰芸编。"

七律一首

祝沈荣芳教授八十寿辰

同济学堂灯火盛，
象牙塔住太平翁。
杏坛策勉青春士，
第舍滋濡少长朋。
铄古切今忧祸患，
探赜索隐裨苍生。
根深树老花尤媚，
桃李芬芳月下庭。

五律一首

赠陈东久^①

我爱陈东久，相逢意气投。
十年磨铁砚，一日放轻舟。
贤内芳心敛，侠肝笔力遒。
君山游子梦，每上岳阳楼。

注　释:
① 陈东久，湖南省临湘县人，作者友人，书法家。

七绝两首

赠何树林①

一
黄河故道写生疾，
百态千姿芳草蹊。
好景还宜灵妙手，
牡丹园在画堂西。

二
转益多师成面目，
每教老树绽新芽。
端因赤子从天籁，
笔绽人间不败花。

注　释：
①　何树林，山东省曹县人，作者友人，画家。

七律一首

登山得杖

高山赐我龙头拐，
步履生风夸父怀。
到老英雄携子手，
济时寒士上春台。
开明世界文明棍，
乔木丛中散木材。
暂寄君身亲舍下，
他年解甲故人来。

七古一首

秋蚊别

有客抛书酣入梦，
间闻呜咽黑甜乡①。
初疑邻妇课琴童，
起坐但见夜茫茫。
八荒呼告细索遍，
惊觉一隅细娇娘。
娇娘未语自施礼，
珠泪盈盈三两行。
自言"籍贯文家庄，
少小生长乌衣巷。
声乐脉传累万世，
曲尽其妙久绕梁。
君家寒陋无长物，
不忍抛君走他乡。
初见心倾君热血，

159

中宵舞剑伴霓裳。

来此一百八十日，

今当远去意彷徨。

春风明年如相见，

定赋新曲奉萧郎。"

长袖依依双泪垂，

来日示我三叹想。

注　释：

①　俗谓睡眠为"黑甜"，因称睡梦为黑甜乡。

五古一首

所　思

看花不思逸，趣从眼前失。
饮酒不思节，病从肠中起。
得意不思初，辱从日后至。
怡福不思惜，祸从身边积。
居安不思危，患从暗处滋。
嗟余多不思，叹作自勉辞。

七绝一首

抱　持

君如社燕我秋鸿，
梦里相逢起见空。
匹马长风须策纵，
吹衣乱发抱持同。

七律一首

衣　冠

衣冠向不入时流，
任笑春华老气秋。
犹记少时耽饱暖，
忍逢佳日忘穷愁？
自从戎马甘鞭马，
肖属金猴耻沐猴。
剩有豪情袍未解，
书生襟抱胜轻裘。

七绝一首

读齐白石《发财图》

算盘入画古来无，
唤作神爷意味殊。
向是山人谐趣笔，
试金石上问何如？

七绝一首

鹦　鹉

杨柳枝前悦耳听，
拟人肖语道相迎。
如何不念笼中鸟，
本是天空自由身。

五绝一首

无　题

坐井天空窄，
居高眼界宽。
区区执意处，
放下立成仙。

七绝七首

世相沉吟

一

"心想事成"声悦耳，
柔肠转念有瑕疵。
痴心妄想成何事？
"心善事成"祝福辞。

二

南山草木北邙松，
凡子豪雄付大同。
及叹人间虚度日，
总将南北作西东。

三

鬼也怕听鬼唱歌，
恶人自有恶人磨。

任由得意兴风浪，
但看潮归去似梭。

四

苦海茫茫宦海深，
迷津到处不归人。
当头棒喝能参破，
便作神仙座上宾。

五

灯红酒绿美人娇，
漫掷轻抛竞俊豪。
万里长风摧朽蠹，
还将清气溢今宵。

六

利锁名缰膨胀日，
何如月下赋新诗。
新诗改定无穷乐，
苦海收边到几时？

七

上场放眼下场时，
利惹名牵钓饵丝。

须向漫天风雪日，
崖头傲立岁寒枝。

七律一首

闻中央整顿景区会所

谁人不爱好山河，
风月忍将巧取割。
别墅深深藏胜境，
馆楼隐隐起高阁。
公园兀立私家地，
异彩纷呈会所窝。
昨夜东风吹万树，
应惊座上竞豪奢。

白话诗一首

自在歌

自在不做人，做人不自在。
闻说大自在，当官又发财。
乃有钻营客，巧思谋上台。
一朝权在手，用作好买卖。
买官复卖官，周瑜打黄盖。
有钱便是爹，我的小乖乖。
纸岂能包火，万里清风来。
不听党的话，去找观自在。
菩萨不理他，落魄亦可哀。
见他这模样，路人把口开：
"汝亦良家子，娘怀十月胎。
灯红酒绿欢，病态作常态。
回首田地里，辛勤禾苗栽。
流得自家汗，收获尽开怀。
复视车间中，流水线成排。

劳动得薪酬，日子亦悠哉。
放眼满大街，谁熊谁能耐？
开车握方向，行人道莫歪。
汝事已至此，徒劳到处拜。
自首路一条，洗心从头改。
汝本读书人，舍本悔不该。
皇皇廿四史，兴替朝与代，
正邪如冰炭，贪廉分黑白。
官为民表率，天空去阴霾。
清风正气在，人间好世界。
家家得安乐，人人得自在。"

七律一首

观某些影视剧

宫戏纷纷谍战忙，
间杂良莠剧乖张。
票房至上揽今古，
天马行空漫汉唐。
好戏连台逐异趣，
高香三炷拜偏方。
族思兴复民思砺，
梦想工厂道且长。

七绝一首

答问京中今秋天气

霾扫重逢明月夜，
秋深未减逛园人。
柳丝会意人心向，
唤取清风答碧云。

七律一首

香　碑①

滇南古驿地边陲，
芳草遗存记事碑。
知县由来关重任，
下车伊始响蛰雷。
马无羁绊清风骨，
官到安贫傲雪梅。
雁过群峰回首处，
鬻②琴亭上彩云飞。

注　释：
①　云南贵州交界的胜境关，驿道旁有一块"鬻琴碑"，记载康熙年间的杭州人孙士寅，出任云南平彝（今富源县）知县，两袖清风，轻徭薄赋，兴利除弊，深得民心。卸任时，这位清廉的知县，卖掉一路陪伴的古琴，才凑足返程的盘缠。人们感念他的廉洁仁爱，造了纪念亭碑，当地称之为香碑。
②　鬻（yù），卖。

贫家忠孝谣

不知何许年，路上闻时谚：
"家贫出孝子，赤贫出贪官。"
威风都不见，哀哀作悔忏，
各云苦少年，饥肠破褴衫。
艰辛求学路，泣下暗自咽。
忆昔初执柄，亦思清风廉。
忽念空手回，过村即无站。
堤防一朝决，泛滥急流湍。
身如温水蛙，心惬无惭颜。
其迹亦可恶，其状亦可怜。
境自由心生，自作自承担。
逝川流日夜，清浊自有源。
英雄问出身，圣人有嘉言，
安能淫富贵，安能移贫贱。
君看青史上，历历诸先贤。

幼小范仲淹，父死母子单。
粥稀衣不完，弘毅猛着鞭。
进忧退亦忧，耿耿寸心丹。
寄怀岳阳楼，美名千古传。
汤阴岳鹏举，少时逢战乱。
颠沛苦流离，穷且志弥坚。
精忠报国日，凛然垂标杆，
武官不怕死，文官不要钱。
莫道时代变，风范立如磐。
江河望清澈，百姓要好官。
千秋复万代，忠与孝两全。

七绝四首

途中闻忧

屡闻学子减负
万里山川万卷书，
感君古意问学途。
携儿销夏荷初放，
愁看雕笼弱羽孤。

忧闻良田蚕食
山巅平整入荒烟，
不种青苗不卖钱。
问答开发急用地，
绕开红线取良田。

愁见猎户进山

见猎吾心长不喜，
冷枪暗箭为毛皮。
初一十五谁逃过，
莫道山深尽忘机。

赌风误事误人

穷神走避赌神来，
麻将棋牌任放开。
年节小娱堪助兴，
风刮四季费疑猜。

五古一首

寺　僧

孤寺香烟盛，承平久煦愉。
危崖飞瀑骤，峻岭绽花稀。
举火饭千口，集餐弃下余。
有僧默不语，俯首拾无遗。
累累糇充栋，喋喋谤带疑。
忽逢兵燹起，一众度饥虚。

七古一首

池鱼殇

城楼门阔城池碧，
碧水闲游锦鲤鱼。
少小山泉江水长，
天高云淡自舒徐。
一朝择为池中物，
百媚千娇态可掬。
雨骤风高池涨溢，
鳅鳝纷纷返故居。
烟柳繁华不肯去，
朝朝暮暮尽欣愉。
高楼一日祝融祸，
灰飞烟灭丧涸淤。

七绝一首

纸　鸢①

经纶满腹众人称，
欲借长风快意行。
平地青云双记取，
手中一线系前程。

注　释：
① 纸鸢（yuān），风筝。

七古一首

老圃吟

老圃人呼郭橐驼[1]，
身微名动长安城。
豪奢移木多凋谢，
纷遣问询种树经。
茂叶繁枝子累累，
橐驼停耨细叮咛：
"草自有心木有灵，
根欲舒展培欲平。
初移多裹娘家土，
种下风雨自养生。
今有养树似养儿，
怜爱之深祸害增。
且按暮抚每摇本，
幸存未免战兢兢。"
来者闻之频颔首，

浑似醍醐灌脑顶。
咸称此语藏深义，
居官听用见贤能。
橐驼笑谓岂足论，
乡野感闻姑妄听：
"稼穑农家本分事，
心感官长慈仁情。
令如星火接踵至，
细大不捐俱详明。
老少青壮长迎送，
荒田芜地犬难宁。"

注　释：
① 郭橐驼，事见柳宗元《种树郭橐驼传》。

七绝一首

无　题

朽屋堂画鹤凌云，
想见庭前满眼春。
千载良田八百契，
主人栽树与谁阴？

七绝一首

悯　老

田间旱涝老人愁，
人老城中病痛忧。
贫富高低都莫论，
家家都是老黄牛。

白话诗一首

过年歌

小孩梦过年，老汉忖种田。
过年何其乐，好吃又好穿。
不用上学堂，陀螺旋转欢。
拨浪货郎到，好玩色样全。
户户宰年猪，家家贴对联。
开吃年夜饭，鞭炮响连天。
长辈呵呵笑，分发压岁钱。
可惜欢乐短，最好总过年。
种田何其苦，四季长流汗。
山洪赶排涝，天旱夜无眠。
下小上苍苍，风雨一肩担。
伸手不见指，老父扛锄还。
夜深人静后，慈母补衣衫。
儿女得体面，于己万般俭。
他乡忆此景，恍若在眼前。

今年将又过，赋此泪潸然。
自从为人父，方知爹娘难。
劳动最光荣，千秋莫轻看。
父母是圣贤，孝敬莫拖延。

七古一首

种田歌

百般味道不离盐，
百般生意不离田。
无盐佳肴愁寡淡，
无田公子少吃穿。
麻姑立定仙山上，
几回沧海变桑田。
始从嬴政开帝制，
诸侯土地称封建。
秦商鞅之开阡陌，
宋太祖之释兵权，
王安石之青苗制，
张居正之一条鞭。
终是换汤不换药，
有田无非富与官。
渊明梦入桃花源，

避秦来此乐耕田。
东坡遇赦北归日，
阳羡徒思终老田。
田间岁岁年年事，
几多悲苦几多欢。
或云阡陌乃诗笺，
诗家惯爱赋田园。
不知笔下寄托意，
愿能长种太平田。
乱世家贫租有限，
食不果腹衣褴衫。
薄田遭遇饥荒年，
哀哀啼声泣杜鹃。
一朝土地掀革命，
千古农人终有田。
少小我亦将田种，
尽知农家之酸甜。
君不见，
两千年之农业税，
止于二〇〇六年。
君不见，
河北老农王三妮，
铭鼎《告别田赋篇》。
君不见，

无田如我倾心曲，
春风夏雨沐良田。

白话诗一首

种树歌

三月春风绿，祖国好山河。
黄鹂啼不尽，大江南北坡。
兰考焦裕禄，播绿解民瘼。
积劳英年逝，百姓泪滂沱。
又闻杨善洲，俨然老农伯。
廿年七万亩，风霜岂奈何。
复出褚时健，起落志不磨。
青山映白发，赤手捧橙果。
视此三人行，妇孺竞评说。
褚公乃龙凤，焦杨为楷模。
亦有跟风客，心动忙张罗。
浩荡驱车至，道旁且歇泊。
挥挥录像罢，扬长去似梭。
田间抬望眼，无语但呵呵。
山中树木长，岁月流逝波。

种树亦种己，莫教空蹉跎。
后人荫凉处，应吟种树歌。

白话诗一首

留守曲

夜饭夜夜有，夜夜夜深后。

爹爹未还家，锄地高山头。

娘还复又去，趁晴赶种豆。

大姊学校远，功课门门优。

二姊搁书包，拎起猪草兜。

阿哥砍柴去，山路自来熟。

天黑来做伴，花猫与黄狗。

月下大人还，紧紧往前凑。

一家团团坐，粗菜饭可口。

此系儿童事，点点在心头。

今我把家还，见喜亦闻忧。

政通风雨顺，田地每丰收。

打工汇款至，纷纷起新楼。

青壮不在家，老少相留守。

聚来屈指数，望望两地愁。

个中辛酸味，沾襟暗自流。
天伦人常情，我吁重抖擞。
怡然把家还，致富家门口。
花好月团圆，吾老及吾幼。
日夜溪流畅，天长复地久！

白话诗一首

大道吟

夜梦千条道，朝朝路一条。
列祖列宗路，信是阳关道。
坐井观天日，晨钟暮鼓敲。
山河呼万岁，画地自为牢。
忽有枪声作，海上战火鏖。
甲午家国破，割地让宝岛。
五千年华夏，风雨泣悲号。
奋起救国路，志士竞折腰。
辛亥中山路，辫子付剪刀。
抗战八年路，四万万同胞。
翻身解放路，漫将羽扇摇。
改革开放路，平地卷波涛。
壮阔复兴路，喜今始起跑。
纵览古与今，风展大江潮。
通今坦荡途，僵化独木桥。
国泰民富足，天下长安道。

白话诗一首

听老农谈史

今朝老早你讲哩，
一个天来一个地。
老汉今年八十一，
谈一谈来比一比。
往年忙东又忙西，
忙到过年叹冷气。
一日工分两角一，
一斤猪肉六角七。
日子借盐又借米，
好汉难挡饿肚皮。
难怪天公难怪地，
平均主义不实际。
大家出工不出力，
种田种地做把戏。
责任到户大主意，

起早摸黑有力气。
皇粮免税真稀奇，
放心打工做生意。
田地还是老田地，
农村到处新屋起。
你看如今村坊里，
随便哪个笑嘻嘻。
古话三皇到五帝，
有过这样好事体？

五律一首

望　天

去岁江南旱，无村不见愁。
宵蝉啼似昼，夏叶悴如秋。
风雨今来顺，沟塍日自流。
天公谁与递，和济不须求。

七绝二十首

往来酬答

赠周成家老班长
城中岁月倦疲身,
来向海边访故人。
风雨酒家谈笑语,
涛声入梦自轻匀。

呈长者一首
驱驰戎马四十春,
还与自由自在身。
极目人间佳胜地,
就中最美是天伦。

赠杜成双
好事成双富且文,
清芬长慰少时贫。

广交南北读书种，
不负家风自杜门。

呈大胡居士
皮相拈来骨相难，
画师渐老笔方酣。
忘形得意斫轮手，
万壑千岩纸上烟。

赠张毅敏
自笑光阴闲里过，
砚耕且喜未抛荒。
此中也有销魂处，
花落墨池字染香。

赠赵泉涛
多师转益入毫端，
腕底春风气若闲。
铁画银钩流水意，
从容入定始成篇。

贺肖映梅画展
昔年白雪种红梅，
寒夜殷勤探几回。

花到枝头身作客，
但从君笔忆芳菲。

　　赠吴川淮
邂逅梅花不了缘，
共君诗酒旧书摊。
芸编余事能娱我，
宿墨濡毫自涌泉。

　　和蓝银坤
西岩翠色近如何？
好景动人不在多。
约定蜿蜒芳草路，
笔须酣畅酒微酡。

　　赠何翔
感君知我相思久，
为写尺幅供卧游。
展卷读来还放下，
乡愁不尽意悠悠。

　　寄钱怡默
昔日红门一战英，
转移阵地卖丹青。

祝捷莫道伤心语，
岂是此中只重名。

赠赵飞龙
天衣无缝世难缝，
独有巧思起浙东。
万缕千丝君用意，
裁云剪月付春风。

赠韩韬王若荔伉俪
客到西湖多忘返，
君家俯取后花园。
苏公堤上垂杨柳，
两度主人只五年。

赠陶坤元王教芬伉俪
赵公元帅掌乾坤，
闻报陶庄满眼春。
为有三槐堂巧女，
来从夫子共光阴。

赠周仕龙
溪流依旧映红枫，
梦里乡关一望中。

大好河山君莫负，
地形如虎势如龙。

　　观王坚垂钓
千岛湖中稳钓船，
漫抛丝饵放心闲。
鱼儿亦恐风声紧，
待到波平信手拈。

　　朱素玲弹筝
姑苏女子惯沉吟，
怀抱疾徐寄古筝。
今日得闻谁与似，
韩娥一曲绕梁音。

　　赠瑞丰
马上相逢意气遒，
骋怀游目李郭舟。
明朝回首惺惺语，
燕北江南两地愁。

　　赠仰忠明
仰忠慕义自光明，
渔火春江夜月升。

长是英雄能本色，
一双儿女慰平生。

　柬谢承蓉小友
谢家春草自芳菲，
柳絮才思入细微。
清水芙蓉承雨露，
庭前新月沐清辉。

五律一首

潘家园淘旧书

花下谁家客？谁人掌上珍？
窗寒风过耳，灯暖案绝尘。
树倒猢狲散，钗分伉俪呻。
潘家周末市，如入众芳林。

五绝两首

自　勉

一

能饮但微醺，藏书不算贫。
黄金白玉好，宜赏不宜亲。

二

适之称四到，董遇示三余。
非复阿蒙矣，泉流日夜渠。

七绝六首

得句吟

一

古今论韵麦芒针，
运用自如俱雅音。
双轨并非今日始，
当时平水亦推陈。

二

眼前风物会得无？
即兴口占信手书。
此是画师白描处，
还从裁剪下功夫。

三

伫看沧流感逝波，
凭栏烟雨叹蹉跎。

诗能囚我甘驱使，
向为观棋烂斧柯。

四

月挂林梢慰寂寥，
枕间转侧漫推敲。
夜寒自喜书灯暖，
间有感思任抹描。

五

梦中得句欲追摹，
秃笔枯肠索不得。
此债绵绵难了却，
不经意处又寻着。

六

清词丽句每怡然，
八小时余灌小园。
喜种梅花夹细柳，
依稀人在夜航船。